COLLECTION DE M. F.

(TROISIÈME PARTIE)

EAUX-FORTES

MODERNES

16 MAI 1893

Me MAURICE DELESTRE
COMMISSAIRE-PRISEUR
27, rue Drouot, 27

M. DUPONT AINÉ
MARCHAND D'ESTAMPES
21, rue de Seine, 21

PARIS

IMPRIMERIE D. DUMOULIN ET Cie

5, RUE DES GRANDS-AUGUSTINS, 5

CATALOGUE (N° 125)

D'EAUX-FORTES

MODERNES

PAR ET D'APRÈS

Angley, Boilvin, Burney, Corot, Courtry,
Eug. Delacroix, A. Delauney, J. Dupré, L. Flameng, Fortuny,
Gaujean, L. Gautier, Géricault, Jazinski,
La Guillermie, Lefort,
L. Leloir, Lewis, Lunois, Martial, Mathey, Meissonier, Méryon, Millet,
Murray, Oudart, Outin, Rajon, Reynaud, Rops,
Rosa Bonheur, Sadoux, Spinelli, Vibert, Vion, Waltner,
Weber, Ximénès, Ziem, etc.

ÉPREUVES D'ARTISTE

SUR PARCHEMIN ET SUR JAPON

ET

GRAVURES DIVERSES

DONT LA VENTE AUX ENCHÈRES PUBLIQUES AURA LIEU

HOTEL DES COMMISSAIRES-PRISEURS, RUE DROUOT, SALLE N° 9

Le Mardi 16 Mai 1893

à deux heures.

Par le ministère de Me **MAURICE DELESTRE**, Commissaire-Priseur,
rue Drouot, 27

Assisté de M. **DUPONT** aîné, marchand d'estampes, rue de Seine, 21.

PARIS, 1893

CONDITIONS DE LA VENTE

Elle sera faite au comptant.

Les acquéreurs payeront *cinq pour cent* en sus des enchères, applicables aux frais.

M. Dupont, chargé de la vente, se réserve la faculté de réunir ou de diviser les lots.

L'ordre du Catalogue sera suivi.

DÉSIGNATION

ESTAMPES

ANGLEY (H-J.)

1 — L'Ecluse.

Très belle épreuve d'artiste avec remarque sur Japon. Signée.

BERTINOT

2 — Pénélope. — Phryné, d'après Marchal.

Deux pièces, très belles épreuves d'artiste sur chine.

BILLY (DE), GERY BICHARD

3 — Novembre, d'après E. Adan,— Madeleine, d'après T. Robert-Fleury,—La Sainte Famille, etc.

Quatre pièces, très belles épreuves d'artiste.

BOILOT

4 — L'Amateur de peinture, d'après Aranda.

Très belle épreuve d'artiste sur chine.

BOILVIN (E.)

5 — Agacerie.

Très belle épreuve avant toutes lettres sur chine.

6 — Le Roman comique, pièce inédite des *Sonnets et Eaux-Fortes.*

Très belle épreuve d'artiste sur hollande.

BORREL, HANRIOT

7 — Le Traineau, d'après Boucher, — Femme du Pollet, d'après Vollon.

Deux pièces, très belles épreuves d'artiste sur japon.

BOULARD, BULAND

8 — L'Agitateur du Languedoc, — Restitution à la Vierge.

Deux pièces, très belles épreuves d'artiste.

BULAND

9 — L'Amour désarmé, d'après Bouguereau.

Très belle épreuve d'artiste.

BURNEY

10 — La Chocolatière, d'après Liotard.

Très belle épreuve avec remarque, sur papier de Chine.

CABANEL (d'après)

11 — Un Poëte florentin, par Huot.

Très belle épreuve sur chine.

CHAIGNEAU (F.)

12 — La Sortie du bois.

Très belle épreuve d'artiste avec remarque, sur parchemin. Signée.

CHAMPOLLION

13 — Un coin de Jardin, d'après Casanova.

Très belle épreuve d'artiste sur japon. Signée.

14 — La même estampe.

Très belle épreuve.

COINDRE (G.), **ROCHEBRUNE**

15 — Vues de Paris et de France.

Dix pièces, avant et avec la lettre.

CONSTABLE (d'après)

16 — La Tempête, par Kratké.

Très belle épreuve d'artiste avec remarque sur parchemin. Signée.

COPPIER

17 — Mélodie, d'après Hébert.

Très belle épreuve d'artiste sur japon. Signée.

COROT (d'après)

18 — L'Arbre brisé, par L. Gautier.

Très belle épreuve d'artiste avec remarque sur parchemin. Signée.

19 — La même estampe.

Très belle épreuve avec remarque sur papier de Hollande.

20 — Le Pont de Mantes, par Fonce.

Ttrès belle épreuve d'artiste, avec remarque. Signée.

21 — La même estampe.

Très belle épreuve d'artiste. Signée

COURTRY (Ch.)

22 — L'État-major autrichien devant le corps de Marceau, d'après J.-P. Laurens.

Très belle épreuve d'artiste. Signée.

23 — Le Berger, d'après Julien Dupré.

Très belle épreuve sur chine.

24 — Au bord de la mer, d'après Corcos.

Très belle épreuve d'artiste, avec remarque, sur japon Signée.

25 — La Partie de cartes, d'après Pietre de Hooghe.

Très belle épreuve d'artiste sur chine.

26 — Les vieilles Femmes de la Place Navone, d'après Tony Robert Fleury, — La confession, d'après Bida.

Deux pièces, épreuves d'artiste sur chine.

27 — Le Christ en croix, d'après Delacroix, — Trompette de chasseurs, — Le bon Samaritain, etc.

Quatre pièces, épreuves d'artiste.

CUCINOTTA

28 — Le Péage, d'après Rudaux, — Tête de femme.
Deux pièces, très belles épreuves d'artiste sur japon.

DELACROIX (d'après)

29 — Entrée des Croisés à Constantinople, par Sirouy.
Très belle épreuve avant la lettre.

30 — Intérieur de Harem, — Lutte de l'Ange et de Tobie.
Deux pièces, très belles épreuves d'artiste.

DELAUNEY (A.)

31 — Cathédrale d'Amiens.
Très belle épreuve de remarque sur japon. Signée.

32 — Cathédrale de Beauvais.
Très belle épreuve de remarque sur japon. Signée.

3 — Eglise de Saint-Pierre, à Caen.
Très belle épreuve avant toutes lettres, sur hollande. Signée.

34 — Cathédrale de Chartres.
Très belle épreuve de remarque sur papier du Japon. Signée.

35 — Transept de la cathédrale de Chartres.
Très belle épreuve de remarque sur japon. Signée.

36 — Vue de la ville de Chartres.
Très belle épreuve d'artiste sur japon. Signée.

37 — Cathédrale de Cologne.
Très belle épreuve avant la lettre sur papier de Hollande.

38 — Cathédrale de Coutances.
Très belle éprenve d'artiste sur papier du Japon. Signée.

39 — Eglise d'Harfleur.
Très belle épreuve d'artiste sur papier de Hollande. Signée.

DELAUNEY (A.)

40 — Façade de Notre-Dame de Paris.

Très belle épreuve d'artiste sur chine. Signée.

41 — Abside de Notre-Dame de Paris.

Très belle épreuve avant toutes lettres sur papier de Hollande. Signée.

42 — Un grain ; vue de Paris.

Épreuve avant toutes lettres sur papier de Hollande.

43 — Ruines du Palais des Tuileries, après l'incendie de 1871.

Deux pièces, très belles épreuves d'artiste, dont une signée.

44 — Vue de la Fontaine de Médicis, dans le jardin du Luxembourg.

Très belle épreuve de remarque sur papier du Japon. Signée.

45 — Vue du Pont-Neuf ; petit bras de la Seine.

Épreuve avant toutes lettres. Signée.

46 — Cathédrale de Reims.

Très belle épreuve d'artiste sur chine.

47 — Cathédrale de Rouen ; effet d'orage.

Superbe épreuve de remarque sur parchemin. Signée.

48 — Cathédrale de Rouen.

Épreuve d'artiste sur papier du Japon. Signée.

49 — Vue de Rouen, en 1822. — Rue de la Grosse-Horloge) à Rouen, d'après Bonington.

Deux pièces, épreuves d'artiste; la première est avec remarques sur japon. Signée.

50 — La retraite de l'oiseau.

Très belle épreuve de remarque sur papier du Japon. Signée.

51 — Le Moulin, d'après Hobbéma.

Très belle épreuve de remarque sur parchemin. Signée.

DELAUNEY (A.)

52 — La même estampe.

Très belle épreuve d'artiste sur japon. Signée.

53 — Eaux-fortes sur le vieux Paris; collection de vingt-deux planches.

Très bel exemplaire en épreuves d'artiste, sur papier du japon. Signées. Dans un carton. Tiré à quinze exemplaires (nº 5).

54 — Eaux-fortes sur le vieux Paris.

Bel exemplaire avant la lettre sur papier de Hollande. Dans un carton.

55 — Paris pittoresque, 1re, 2e et 3e séries.

Collection complète de soixante-douze pièces, plus le titre et la table; très belles épreuves avant la lettre, sur chine. Dans un carton. Tiré à quinze exemplaires seulement.

56 — La même collection.

Belles épreuves avant la lettre. Dans un carton.

57 — Vingt-cinq dessins anciens, sur le vieux Paris, de la collection de M. Destailleur, architecte.

Très bel exemplaire avant la lettre sur papier de hollande. Dans un carton.

58 — Paysages, d'après nature; collection de vingt-deux eaux-fortes in-fol.

Très bel exemplaire en épreuve d'artiste sur papier du japon. Signées. Dans un carton.

DESBROSSES

59 — Charbonniers au bord du Doubs, d'après Pelouse, — Village au bord de la mer, d'après Guillemet, etc.

Trois pièces, très belles épreuves d'artiste.

DIDIER, DUVIVIER

60 — L'Orpheline, d'après J. Lefebvre, — Aux héros sans gloire, etc.

Trois pièces, très belles épreuves d'artiste.

DUPRÉ (d'après JULES)

61 — La Mare, par Gautier.

Très belle épreuve d'artiste, avec remarque sur parchemin. **Signée.**

EDELFELT (d'après)

62 — Convoi en Finlande, par Ramus.

Très belle épreuve d'artiste sur japon.

EGUSQUIZA

63 — Harmonie.

Très belle épreuve d'artiste, sur parchemin. Signée.

FAIVRE, GUÉRARD

64 — Tête d'homme, d'après Rembrandt, — La Toilette, — Retour du pardon, d'après Guillou.

Trois pièces, très belles épreuves d'artiste.

FLAMENG (L.)

65 — La Leçon d'anatomie, d'après Rembrandt.

Très belle épreuve d'artiste. Signée.

66 — La Ronde de nuit, d'après Rembranbt.

Très belle épreuve d'artiste.

67 — Fleurs d'automne, d'après Toudouze.

Très belle épreuve d'artiste.

68 — Jeune fille, d'après Greuze, — Odalisque, d'après Ingres, — Portrait de Rembrandt.

Trois pièces, très belles épreuves d'artiste.

FORTUNY (d'après)

69 — Arquebusier, par Kratké.

Très belle épreuve d'artiste avec remarque sur japon. Signée.

70 — Le Choix du modèle, par Champollion.

Belle épreuve.

★

GAUCHEREL, GILBERT

71 — Intérieur d'église, — Dentellière, etc.

Trois pièces, très belles épreuves d'artiste.

GAUJEAN

72 — La Fortune, d'après Baudry.

Très belle épreuve d'artiste, avec remarque sur japon.

73 — Jeune fille à l'oiseau, d'après Escudié.

Très belle épreuve d'artiste.

74 — Les Baigneuses, d'après Fragonard.

Très belle épreuve d'artiste sur japon. Signée.

75 — La Paye des hâleurs au Havre, d'après Gœneutte.

Très belle épreuve d'artiste avec remarque sur japon.

76 — Jeune fille, d'après Greuze.

Très belle épreuve d'artiste. Signée.

77 — L'Enfant aux cerises, d'après Russell.

Très belle épreuve d'artiste sur japon.

78 — Bohémiens devant Louis XI, d'après Comte,

Très belle épreuve d'artiste sur japon.

GAUJEAN, MONGIN, ETC.

79 — Orphée, — Bohémienne, — Les Deux sœurs, etc.

Cinq pièces, belles épreuves.

GAUTIER (L.)

80 — Entrée de village de Sin, d'après Corot.

Très belle épreuve de remarque sur parchemin. Signée.

81 — La Charette, d'après Corot.

Très belle épreuve de remarque sur papier japon. Signée.

82 — La Laitière, d'après Julien Dupré.

Très belle épreuve avant toutes lettres sur parchemin.

GAUTIER (L.)

83 — Le Retour du troupeau, d'après Ch. Jacque.

Épreuve de remarque sur parchemin. Signée.

84 — Sous le Directoire, d'après Lonza.

Epreuve avant toute lettre sur papier de hollande.

85 — Pêcheur levant des filets, d'après Th. Rousseau.

Très belle épreuve d'artiste sur parchemin. Signée.

86 — Marine, d'après Turner.

Très belle épreuve d'artiste sur parchemin.

87 — Abside de Notre-Dame de Paris.

Très belle épreuve d'artiste sur japon.

88 — La Sainte-Chapelle.

Très belle épreuve avec remarque sur papier du Japon.

89 — Santa Maria della Salute à Venise, d'après Canaletti.

Très belle épreuve d'artiste sur japon.

90 — Vues de Venise.

Deux pièces, très belles épreuves avant toutes lettres sur papier du Japon.

91 — Windsor-Castle. — Le Rialto.

Deux pièces, très belles épreuves.

92 — Rue du Haut-Pavé. — Rue Saint-Julien le Pauvre. — Place Maubert. — Place du Châtelet. — L'Ecluse de la Monnaie. — Quai Jemmapes.

Six pièces, très belles épreuves d'artiste sur japon. Signées.

GAZETTE DES BEAUX-ARTS

93 — Portraits et sujets divers.

Treize pièces, belles épreuves, dont plusieurs avant la lettre.

GÉRICAULT (d'après)

94 — Les courses d'Epsom, lithog. par Thornley.

Très belle épreuve d'artiste avec remarque sur japon. Signée.

GIANOLI

95 — Napoléon, d'après Paul Delaroche.

Très belle épreuve avec remarque sur les marges, tirée en bistre sur parchemin. Signée.

GIRARDET (J.)

96 — Un vieux Lapin.

Très belle épreuve d'artiste avec remarque sur chine. Signée.

GONCOURT (J. de)

97 — Thomas Vireloque.

Très belle épreuve avant la lettre sur chine. Avec dédicace signée.

GREUX

98 — Gualbert, d'après Ducz.

Très belle épreuve d'artiste sur parchemin.

GREUZE (d'après)

99 — Innocence, par Damman. — L'effroi. — Jeune femme.

Trois pièces, très belles épreuves d'artiste.

GUILLAUMOT (A.)

100 — Portes de l'enceinte de Paris sous Charles V.

Collection de vingt planches, avec le texte, en feuilles.

HANRIOT

101 — La Source, d'après J. Lefebvre. — La Sulamite, d'après B. Constant, etc.

Quatre pièces, très belles épreuves d'artiste.

HENNER (d'après)

102 — Formosa, par Coppier.

Très belle épreuve d'artiste sur japon.

JACQUE (Ch.)

103 — Les Chanteurs.

Très belle épreuve sur chine. Signée.

JASINSKI

104 — La Dame au manchon, d'après Mme Vigée Lebrun.

Très belle épreuve d'artiste avec remarque sur parchemin. Signée.

105 — La Bête à bon Dieu, d'après Stevens.

Très belle épreuve d'artiste sur parchemin. Signée.

106 — La Dame rose, d'après Stévens.

Très belle épreuve d'artiste sur parchemin.

107 — La même estampe.

Très belle épreuve d'artiste sur japon.

KRATKÉ

108 — Le Moulin.

Très belle épreuve d'artiste avec remarque sur japon. Signée.

LAGUILLERMIE

109 — Reddition de la ville de Bréda, d'après Vélasquez,

Très belle épreuve d'artiste sur japon.

110 — La même estampe.

Très belle épreuve d'artiste sur chine.

111 — Vente d'esclaves, d'après Boulanger.

Très belle épreuve d'artiste.

LAGUILLERMIE, MASSARD

112 — Monseigneur Lavigerie, d'après Bonnat. — A la porte du sérail, d'après Fortuny, etc.

Trois pièces, très belles épreuves d'artiste.

LALAUZE

113 — Bretonnes au pardon, d'après Dagnan-Bouveret.

Très belle épreuve d'artiste.

114 — Les voici, d'après Green. — Marché aux servantes, d'après Marchal.

Deux pièces, très belles épreuves d'artiste.

LAMOTTE (A.)

115 — Mgr Guibert, archevêque de Paris, in-fol.

Très belle épreuve avant toute lettre sur chine.

LANÇON

116 — Lion buvant à une source.

Très belle épreuve d'artiste avec remarque sur japon. Signée.

117 — Combat de cerfs, d'après Courbet.

Très belle épreuve d'artiste avec remarque sur chine.

LAUGÉE (d'après)

118 — La Récolte des œillettes, par Kratké.

Très belle épreuve d'artiste avec remarque sur parchemin. Signée.

LE COUTEUX

119 — Marie de Médicis, d'après Rubens.

Très belle épreuve d'artiste sur parchemin.

LEENHOFF, MONZIÈS

120 — Les bons Camarades, d'après Israëls. — Paysans. — U. Butin.

Trois pièces, très belles épreuves d'artiste sur japon et sur parchemin.

LEFORT

121 — Dans la rosée, d'après Roll.

Très belle épreuve d'artiste.

LEIGHTON (d'après)

122 — Attendant la réponse, par Mongin.

Très belle épreuve d'artiste avec remarques sur chine.

LELOIR (d'après L.)

123 — Cavalier. — Odalisque, par Boilot.

Deux pièces, très belles épreuves d'artiste avec remarque sur parchemin. Signées.

LELOIR (d'après L.)

124 — Les mêmes estampes.

Deux pièces, très belles épreuves d'artiste avec remarque sur japon. Signées.

125 — Seigneur et dame se promenant dans la campagne.

Épreuve avant toutes lettres sur japon.

LEROY (A.)

126 — Portrait de Mme Le Brun et de sa fille.

Très belle épreuve d'artiste sur chine, les noms à la pointe.

LEWIS (J.-F.)

127 — Etudes d'animaux gravées à l'eau-forte.

Douze pièces, très belles épreuves sur papier de chine.

LITHOGRAPHIES

128 — Baigneuse, d'après Picou.

Très belle épreuve d'artiste sur chine.

129 — Portrait de M. Pasteur. — Institut Pasteur. — Atelier de Coutan. — Les disciples d'Emmaüs.

Quatre pièces, très belles épreuves d'artiste.

LOS RIOS (DE)

130 — Le Printemps, d'après Lerolle.

Très belle épreuve d'artiste avec remarque sur japon. Signée du peintre et du graveur.

LOUVEAU-ROUVEYRE, LURAT

131 — Rêverie d'après Vély. — L'attente d'après Demont-Breton.

Deux pièces, très belles épreuves d'artiste.

LUNOIS

132 — Réunion publique à la salle Graffard, d'après Béraud.

Très belle épreuve d'artiste sur japon. Signée.

LUNOIS

133 — Les Lavandières, d'après Daumier.

Très belle épreuve d'artiste sur japon.

MARTIAL

134 — Jeune citoyen de l'an V, d'après Goupil.

Très belle épreuve d'artiste sur japon.

MARTIAL ET AUTRES

135 — Vues de Paris et de France.

Trente-six pièces, presoue toutes avant la lettre.

MASSARD (L.)

136 — Victor Hugo, d'après Bonnat.

Très belle épreuve d'artiste, avec dédicace sur chine.

137 — Portrait de jeune fille, d'après Greuze.

Très belle épreuve avec remarque sur chine.

MATHEY (A.)

138 — Rodolphe II chez son alchimiste, d'après Brozik.

Très belle épreuve d'artiste sur japon. Signée.

MEISSONIER

139 — Polichinelle.

Très belle épreuve d'artiste.

140 — Le Sergent rapporteur.

Très belle épreuve d'artiste.

MEISSONIER (d'après)

141 — Cavalier, par Alasonnière.

Très belle épreuve d'artiste avec remarque sur parchemin.

142 — Gentilhomme Louis XIII, par Ch. Blanc.

Très belle épreuve d'artiste.

MEISSONIER (d'après)

143 — Polichinelle, par Boilot.

Très belle épreuve avec remarque sur parchemin. Signée.

144 — La même estampe.

Très belle épreuve de remarque sur japon. Signée.

145 — Liseur. — Hallebardier, par Boilot.

Deux pièces, épreuves de remarque sur hollande.

146 — Charlemagne, par Caron.

Très belle épreuve d'artiste sur chine.

147 — Les amateurs d'estampes, par Courtry.

Très belle épreuve d'artiste sur japon. Signée.

148 — Arquebusier, par Duvivier.

Très belle épreuve.

149 — Sur la route d'Antibes, par L. Gautier.

Très belle épreuve d'artiste sur parchemin.

150 — Officier, par Gilbert.

Très belle épreuve d'artiste avec remarque sur parchemin. Signée.

151 — Joueur de guitare, par Gilbert.

Très belle épreuve d'artiste avec remarque sur parchemin. Signée.

152 — La même estampe.

Très belle épreuve d'artiste avec remarque sur japon. Signée.

153 — Liseur, par Jacquemart.

Très belle épreuve.

154 — Borée, par De Mare.

Très belle épreuve d'artiste sur parchemin. Signée.

155 — Le Convoi. — La Barricade, par de Mare.

Deux pièces, très belles épreuves d'artiste sur japon. Signées.

MEISSONIER (d'après)

156 — Solférino, par Adr. Nargeot.

Très belle épreuve avec remarque sur japon. Signée.

157 — Annibal, par H. Poterlet.

Très belle épreuve d'artiste avec remarque sur parchemin. Signée.

158 — La même estampe.

Très belle épreuve d'artiste avec remarque sur japon. Signée.

159 — Annibal.

Fac-similé.

160 — Le Baiser, par Poterlet.

Très belle épreuve d'artiste avec remarque sur parchemin. Signée.

161 — Sur le Rempart, par Prieux.

Très belle épreuve d'artiste sur parchemin.

162 — La même estampe.

Très belle épreuve d'artiste sur papier du Japon.

163 — Le Graveur, par Rajon.

Très belle épreuve d'artiste sur chine volant.

164 — Liseur debout, par Spinelli.

Très belle épreuve d'artiste avec remarque sur parchemin. Signée.

165 — La Chanson, par Vion.

Très belle épreuve d'artiste avec remarque sur parchemin. Signée.

166 — La même estampe.

Épreuve avant toutes lettres sur japon. Signée.

MÉRYON (Ch.)

167 — La galerie Notre-Dame.

Belle épreuve.

168 — La rue des Toiles, à Bourges.

Très belle épreuve sur chine volant.

MÉRYON (Ch.)

169 — Adresse de Rochoux.

Très belle épreuve, tirée en deux couleurs, toute marge.

170 — Petit prince Dito. — Rébus, Béranger ne fut véritablement fort. — Plan du combat de Sinope.

Trois pièces, très belles épreuves.

171 — Nouvelle-Calédonie : Grande case indigène. — Provolant des îles Mulgraves (Océanie). — Flots à Uvéa.

Trois pièces, très belles épreuves.

172 — Nouvelle-Zélande: Petite colonie française d'Akaroa. — Greniers indigènes et habitations à Akaroa. — La Chaumière du colon vieux-soldat. — La presqu'île de Banks.

Quatre pièces, très belles épreuves.

METZMACHER (d'après)

173 — La Leçon de peinture.

Très belle épreuve d'artiste avec remarque sur japon.

MILIUS

174 — Jeune fille, d'après P. Véronèse.

Très belle épreuve d'artiste avec remarque sur japon. Signée.

MILLET (d'après)

175 — Labor, par Coutil.

Très belle épreuve d'artiste sur japon. Signée.

176 — La Baratteuse, par Kratké.

Très belle épreuve d'artiste avec remarque sur parchemin. Signée.

177 — La même estampe.

Très belle épreuve d'artiste sur japon. Signée.

178 — La Femme au rouet, par Lesigne.

Très belle épreuve d'artiste avec remarque sur parchemin.

MILLET (d'après)

179 — L'Angélus, par Lesigne. — L'Homme à la houe.

Deux pièces, épreuves d'artiste avant toute lettre sur hollande.

MONZIÈS

180 — Folie d'Hugo van der Goës, d'après Wauters. — Convalescente, d'après Ducz.

Deux pièces, très belles épreuves d'artiste sur parchemin.

MURRAY

181 — A l'Arrière, d'après Hamilton.

Très belle épreuve d'artiste avec remarque sur japon. Signée du peintre et du graveur.

182 — Le Bal Bullier.

Très belle épreuve avant toute lettre sur chine.

OUDART

183 — Dans la prairie, d'après Julien Dupré.

Très belle épreuve d'artiste avec remarque sur japon. Signée.

184 — Lever de lune, d'après Harpignies.

Très belle épreuve d'artiste avec remarque.

OUTIN (d'après)

185 — Le Vente de l'Agneau, par Buland.

Très belle épreuve d'artiste avec remarque.

RAJON (P.)

186 — Rêverie, d'après Jacquet.

Superbe épreuve avec les remarques sur japon blanc. Signée du peintre et du graveur.

187 — English Beauty.

Épreuve avant toutes lettres, tirée sur papier ancien.

RAJON (P.)

188 — La Femme de Rubens et son fils.

Très belle épreuve avant toutes lettres sur chine volant.

189 — Rouget de Lisle déclamant la *Marseillaise*, d'après Pils.

Épreuve avant toutes lettres, pas entièrement terminée.

190 — Le Docteur Pochin, d'après W. Ouless.

Très belle épreuve d'artiste sur papier de chine.

191 — Portrait de Tennyson.

Épreuve d'essai, non terminée.

RAMUS

192 — Louis XIV aux dunes, — Mort du colonel Froidevaux, — le Concert, d'après Velders.

Trois pièces, très belles épreuves d'artiste.

REYNAUD

193 — Les Laveuses.

Très belle épreuve d'artiste avec remarque sur parchemin. Signée.

ROPS (F.)

194 — Le Semeur, — le Vol et la prostitution dominent le monde, — la Femme au trapèze, — Types anversois.

Six pièces, belles épreuves.

195 — Frontispice, menus, etc.

Six pièces, belles épreuves.

ROSA BONHEUR (d'après)

196 — Troupeau de bœufs au pâturage, par Margelidon.

Très belle épreuve de remarque sur parchemin. Signée.

197 — Attelage nivernais, — Labourage.

Deux pièces, très belles épreuves sur chine.

RUET

198 — L'Atelier, d'après Maurice Leloir.

Très belle épreuve d'artiste sur japon.

SADOUX (E.)

199 — Le Château de Chantilly : Vue de la façade, — Vue prise sur les jardins.

Deux pièces, très belles épreuves d'artiste avec remarque, sur parchemin.

SAFFREY, TRIMOLET

200 — Vue de Paris.

Quinze pièces, la plupart avant la lettre.

SALMON (Em.)

201 — Sapeur, — Highlander, d'après Edouard Detaille.

Deux pièces, épreuves d'artiste sur japon.

SPINELLI

202 — Joueurs d'échecs, d'après Flameng.

Très belle épreuve d'artiste sur japon. Signée.

203 — Saint Jean l'hospitalier, d'après Dawant.

Très belle épreuve d'artiste sur japon. Signée du peintre et du graveur.

204 — Les Loups de mer, d'après Demont-Breton.

Très belle épreuve d'artiste avec remarque sur parchemin. Signée.

TAIÉE, TOUSSAINT

205 — Vues de Paris.

Onze pièces, avant la lettre.

THÉVENIN

206 — La Mare, d'après Allongé.

Très belle épreuve d'artiste avec remarque.

THIRION

207 — A la Fontaine.

Très belle épreuve d'artiste avec remarque sur japon.

TOUSSAINT (H.)

208 — Parisienne, d'après R. Collin.

Très belle épreuve d'artiste sur papier de Hollande. Signée.

VAN MARCKE (d'après)

209 — Pâturage, par Courtry.

Très belle épreuve d'artiste.

VEYRASSAT

210 — Rivière dans un village, — Emballés, — Prise d'un sanglier.

Trois pièces, très belles épreuves.

VIBERT (d'après)

211 — Le Portrait, par Mongin.

Très belle épreuve d'artiste sur japon.

VIGNETTES

212 — *Cervantès*. Suite de trente-six figures et un portrait par Lalauze, pour *Don Quichotte*, édition Paterson. In-8.

Épreuves avant la lettre sur papier de Hollande.

213 — *Coppée* (Fr.). Suite de vingt figures et un portrait. gravées au burin, d'après François Flameng, pour les *Œuvres* publiées par Hébert. In-8.

Très bel exemplaire avant toutes lettres sur chine collé, grand papier. Dans un carton.

214 — *Hugo* (V.) Suite de cent vignettes et entêtes de page et un portrait pour les *Œuvres*, édition Testard. In-8.

Épreuves avant et avec la lettre sur différents papiers.

215 — *La Fontaine*. Figures de Devéria et Johannot pour les *Contes*. In-8.

Vingt pièces avant la lettre et à l'eau-forte pure.

VIGNETTES

216 — *Lesage.* Snite de dix-huit figures et un portrait par Lalauze, pour *Gil-Blas*, édition Paterson. In-8.

Épreuves avant la lettre sur papier de Hollande.

217 — *Molière.* Suite de trente-trois figures et un portrait, par Lalauze, pour les *Œuvres*, édition Paterson. In-8.

Épreuves avant la lettre sur papier de Hollande blanc et teinté.

218 — Suite de douze figures d'après Lemercier de Neuville, pour un ouvrage humoristique. In-8.

Épreuves d'artiste imprimées sur satin bleu.

VION (H.)

219 — Le Rieur, d'après Rembrandt.

Très belle épreuve avec remarque sur japon. Signée.

220 — Au bord de la mer, — Pro patria. — Dormeuse.

Trois pièces, très belles épreuves d'artiste.

WALTNER

221 — Portraits de jeunes filles, d'après Gainsborough.

Très belle épreuve d'artiste avec remarque sur parchemin. Signée.

WEBER (d'après)

222 — Sortie du port, par Martin.

Très belle épreuve d'artiste avec remarque sur parchem n. Signée du peintre et du graveur.

223 — La Tempête, par Martin.

Très belle épreuve d'artiste avec remarque sur japon.

XIMÉNÈS (d'après)

224 — Jeunes gens à marier, par Spinelli.

Très belle épreuve d'artiste avec remarque sur parchemin. Signée.

YON

225 — Le Matin, d'après C. Bernier, — Après l'Orage, — L'Ecurie.

Trois pièces, très belles épreuves d'artiste, dont deux sur japon.

ZIEM (d'après)

226 — Le grand Canal à Venise, par L. Gautier.

Très belle épreuve d'artiste avec remarque sur parchemin. Signée.

227 — La même estampe.

Très belle épreuve avec remarque sur papier de Hollande.

228 — Le Coup de canon.

Très belle épreuve d'artiste sur parchemin.

GRAVURES DIVERSES

229 — **Affiches.** — Scène de la vie orientale, par Gérard de Nerval. — Marcel, par Mallefille.

Deux pièces.

230 — Hippodrome. — Paris-Courses. — Jardin de Paris. — L'hiver à Nice. — Une Jeune marquise. — Magie noire. Au profit des victimes des sauterelles. — L'Etendart francais. — La Salamandre. — Le Courrier français. — Cosmydor Savon, par Chéret.

Onze pièces.

231 — Les fêtes de Paris. — Librairie romantique, par Grasset. — Les joyeuses Commères, par Métivet. — L'Hyver à Nice, par Mossa. — Elysée Montmartre, par Willette.

Cinq pièces.

232 — Affiches diverses.

Vingt-quatre pièces.

233 — **Boulanger** (L.) Sujets tirés des Œuvres de Victor Hugo, in-folio.

Six pièces, très belles épreuves.

234. — **Charlet.** Vie civile, politique et littéraire du caporal Valentin.

Un album cartonné contenant cinquante planches.

235 — **David.** Le serment du Jeu de Paume, par Em. W., grand in-fol.

Quatre épreuves.

236 — **Gavarni.** Les Débardeurs. Masques et visages, titres de romances, etc.

Quarante-sept pièces.

237 — **Martinet** (chez) Costumes de théâtre.

Vingt-deux pièces coloriées.

238 — **Nanteuil** (Cél.) Séduction. — Souvenirs. — Scène de Don Quichotte, etc.

Six pièces.

239 — **Divers.** Alphabet militaire de S. A. R. Mgr le duc de Bordeaux.

Vingt-cinq pièces, belles épreuves sur chine.

240 — Estampes japonaises.

Collection de cent six feuilles en couleur. Ce numéro pourra être divisé.

241 — Estampes japonaises.

Cinq albums, dont trois avec figures coloriées.

242 — Lithographies d'après Chaplin, Decamps, Delacroix Diaz, Français, Isabey et autres.

Dix-sept pièces.

243 — Lithographies de Bellangé et gravures diverses.

Soixante-neuf pièces.

244 — Lithographies diverses : Titres de romances, vues et sujets divers.

Trois cent vingt-trois pièces. Trois lots.

245 — Portraits divers modernes, la plupart avant la lettre.

Vingt-trois pièces.

246 — Eaux fortes modernes, vignettes, etc.

Trente-et-uue pièces.

247 — Vues de Paris anciennes.

Trente pièces.

248 — Deux gravures d'après Linder, une grande eau-forte publiée en Amérique, avant la lettre, portraits, études de chiens.

Neuf pièces.

249 — Gravures diverses, fumés, albums de Cham.

Environ treute pièces.

250 — Estampes des Ecoles anglaise et française reproduites en héliogravure et photogravure.

Quarante-trois pièces.

251 — Sujets de genre, études de fleurs, paysages, vues, marines, batailles, études d'animaux, nature morte, etc.

Environ trois cents pièces coloriées en héliogravure, chromolithographie et oléographie. Douze lots.

252 — Photographies de Braunn et autres.

Huit pièces.

253 — **Dessins** modernes, par Elie Delaunay, Lunel, Courboin et autres.

Vingt pièces.

254 — Dessins anciens et aquarelles.

Vingt et une pièces.

255 — Dessins de portraits.

Dix pièces.

256 — Dessins modernes, études de figures, etc.

Vingt-six pièces.

257 — **Livres** Œuvres d'architecture de Marie-Joseph Peyre. A Paris, chez Préault 1765, in-folio.

Un vol. cart., titre racc.

258 — Architectura, vervatlende in zig t'kort en bonding Onderwys van de cinq Colommen door Simon Bosboom. Amsterdam by Reinier en Josua Ottens, sans date, in-fol.

Un vol demi-rel. v.

259 — Les monuments de Seine-et-Marne, par MM. Am. Aufeuvre et Ch. Fichot. Paris 1858, in-fol.

Un vol. demi-rel. v., tr. dor.

260 — Bade et ses environs, dessinés d'après nature par Jules Coignet, avec des notes par Amédée Achard. Paris, Hachette 1858, in-fol.

Un vol. cart. toile, tr. dor.

Imprimerie D. Dumoulin et Cie, à Paris.

www.ingramcontent.com/pod-product-compliance
Ingram Content Group UK Ltd.
Pitfield, Milton Keynes, MK11 3LW, UK
UKHW020224180726
13838UKWH00005B/2171